기다리지 않아도 오는 것

시작시인선 0338 기다리지 않아도 오는 것

1판 1쇄 펴낸날 2020년 6월 30일
지은이 노두식
펴낸이 이재무
책임편집 차성환
편집디자인 민성돈, 장덕진
펴낸곳 (주)천년의시작
등록번호 제301-2012-033호
등록일자 2006년 1월 10일
주소 (03132) 서울시 종로구 삼일대로32길 36 운현신화타워 502호
전화 02-723-8668
팩스 02-723-8630
홈페이지 www.poempoem.com
이메일 poemsijak@hanmail.net

ⓒ노두식, 2020, printed in Seoul, Korea

ISBN 978-89-6021-500-9 04810
     978-89-6021-069-1 04810(세트)

값 10,000원

기다리지 않아도 오는 것

노두식

천년의시작

회복이거나 방치일 것이다
아무려나

메스를 든다
끄집어내는 언어에는 림프절이 없다

나는 나의 서정을 소독하지 않았다

2020년 여름
노두식

차 례

시인의 말

제2부

제4부

해 설

제1부

바라보는 동안

눈에 보이는 것들을 가져온다
가져오는 동안에만 내 것이 되는
그것들을 나는 가질 수가 없다

그들의 시간과 공간은 내게 오지 않는다
극히 일부분
바라보는 동안에 보이는 것들이 내 것이 되고
그것들을 나는 가질 수가 없다, 그것들을 가질 수 없는
행복의 길이에 대하여
욕망의 부피와 느린 빛과 고정된 배경들이 나에게 오는
면적에 대하여 생각한다

보이는 것들을 바라보다가
가져오는 동안 내 것이었던 가치들을
다시 하나씩 지워가면서
아직 가져오지 못한 미지의 질량에 대하여
골똘히 생각해 본다

기다리지 않아도 오는 것

그까짓 사랑
기다리지 않아도 사랑은 온다
나도 사랑해 본 적이 있으니까
어느 날 사랑이 나의 일상이 되어버렸기에
사랑이 찾아온 줄도 모르고 사랑에 빠졌었기에
아무런 의심도 없이
나는 사랑으로 배를 불렸지
장미의 향기가 모두 소멸될 때까지
아침이 오고 밤이 가듯이
그토록 수월하게

그러나 나는 시방 사랑을 기다리고 있다
아닌 척하는 게 아니라 나도 모르게 진실로
왜냐하면 빛은 영원하지 않기 때문이지
분간할 수 있는 귀를 잃어도
눈이 깊이를 헤아리지 못해도
그런 건 그다지 슬프지 않아, 채우지 못하여 비어가는
것들은

기다리지 않아도 사랑이 온다는 그 말을

다시 믿고 싶다

그까짓 사랑

무언가 내 안의 한 부분이 변하기 전에

마지막 남은

채울 수 없어 비어가는

서로 더 이상 아무것도 아닌 우리를 위하여

천둥지기

너를 기다리다가
누군가에게 떠밀리어 앞으로 걸어갈 때
네가 등 뒤에 와 선다 해도 그건
아무 언어도 아니지 하나의 방식일 뿐
그냥 춤사위 같은 방식일 뿐

기다리는 네가 오지 않으면
나는 선인장처럼 멈춰 서면 되지
멈춰 서서 다시 뾰족하게 기다리면 되지
샘이 고일 때까지 하냥 목마르면 되지
그러다가 쓰러져 버리면
그도 그만이지

하지만 네가 내 앞에서
세상의 언어가 되어 걸을 때
맨손으로 등을 쓰다듬어 너를 고르는 손가락의 시늉만
으로도
한 페이지 가득 율동으로 완성되는
비로소 너는 나의 지울 수 없는 무늬가 될 것이지

그렇다 해도 기다림이야
한갓 천둥지기의 시름에 다름 아닌 것이니
나는 그대로 다소곳하리

낙섬을 그리다

달빛이 내려앉아 하얗게 떠오르는 염전과
검은 소금 창고의 행렬, 수차水車의 실루엣
해풍에 젖은 염부의 헐렁한 잠방이에 묻어있던 시간들
나는 그 가운데에서 나의 일부를 꺼내 보일 수 있다
갯벌에 찍힌 장화 자국과 돌게와 민달팽이가 기어간 흔
적 곁에
쭈그리고 앉아 생계를 캐내던 사람들의 몸짓에서도

서편 하늘에 맞붙은 수평선으로부터 불길이 달려오면
갈탄처럼 달아올라 꽃잎으로 피어나던 저녁의 한때
널름거리는 애련의 갈증을 애써 진정시키며 젊음을 몸
부림치던 곳

짭짤한 간수를 손가락끝에 찍어
이른 시각에 멋쩍게 떠오른 달을 가로로 그어 어스름 위
에 고정시키고
바람이 선뜻 불어
멀리 바위섬에서 박쥐들이 날아오를 때
얕은 갯바닥 듬성듬성한 돌무더기 사이로 얼룩지며 흔들
리던 바닷물도

나는 지금 이 도시 안에서 분간할 수 있다

날이 무디어진 호미를 들고
잊혀 가던 잔재를 찾아 헤매어 본들 하릴없는
별빛이 밝지 않아 누구라도
더 이상 더께 앉은 죄를 닦아내지 못하고
죽은 조개의 껍데기 더미에 묻혀 살고 있는
내 고향 인천

진작에 잃어버린 것들, 얻은 것들을 데리고
울먹이다 삼켜버렸던 마음이
이 저녁 기억의 민둥산에서 홀연히 솟아올라
헝클어진 도시의 멱을 끌어 한곳에 세워놓고 있었다

턴테이블

그 많던 긍정의 바람은 어디로 불고 있는가
그 숱한 부정의 돌무더기들은

한밤에 라디오를 켜면 실재가 급정거하는 소리가 들린다
금속들이 마찰하는 목구멍 깊은 곳의 소리 색채 없는 소리
수수께끼 같은 희미한 청춘의 신음

자물통이 달린 영혼에게 정류장은 없었다
멈춰 설 수 있다 해도 그것은 열쇠가 아니었다
우두커니 연필 끝으로 쪼아놓은 꿈이 새 떼처럼 날다가
불면을 콜라주하여 파란 별떨기를 만들었다

수척해진 심장의 파편들이 척추강을 통하여 흐를 때
빨간 눈의 모자가 실성한 혈구들과 동행할 때
수증기가 피는 근육을 학습하던 자각들은
바보가 되어 뿔뿔이 여행을 떠났다
붙들어야 할 것들은 이원적이었다

메스의 날에 쇄골을 걸어놓고 턴테이블을 돌린다
육신과 음원이 횃불을 들어 올린다

정대한 갈증 속에서도
아름다운 소리들은 우물처럼 머물다가 과거로 돌아가곤 한다

증거를 지운
소금기마저 죄다 빠져버린 현재
시간과 함께 찌그러진 음률에 동조하는 공기의 파장만이
절망의 무늬를 닮은 진실이 된다
아, 그 숱한 긍정의 돌무더기
그 많던 부정의 바람은 신기루처럼 사라져버렸다

그 이후

나의 독신은 그 이후로
변함없이 묵정밭의 흙이요 깨진 체경 유리의 결이다
구겨진 공기 속
일몰의 동쪽 하늘에 남아있는 흐린 수채색이다

기르던 신답서스가
잎이 피기도 전에 길게 줄기를 벋어놓는다
일 미터 이 미터 어딘가 조금이라도 더 멀리

풍향계도 없이 지향의 속도가 빨라서일까

접어놓은 백지 속의 변려문
마구리 말가죽에 구멍이 난 장구도
벽장 속의 주름지함도
외로우니 침묵하는 것

한길 복판에 자라난 바랭이 한 촉이 발돋움하고
아지랑이 사이로 흔들리는 토성을 바라보고 섰다

나는 숲에 잠겨있는 등대를 세워

불을 댕기다가

눈을 감는다

별처럼 감은 눈을 지평보다 더 꼭 감는다

제자리 달음질치는 거기

어질러놓은 바다의 달

이상하다

네가 떠나온 곳으로
되돌아가는 네가 있다
내가 너에게 가고
동시에 나에게 오는 내가 있다

낯설다고 외면할 때 누군가는
우리가 되었다고 어깨를 엮었다

태어나는 근처에서
아무렇지도 않게 사멸하는 생명들이 있는
세상의

죄, 소금에 절인

사건 하나하나
그림자의 위치에 따라
새롭게 규정되는 정의에 대하여
횃불의 가지에 매어있는 작은 새는
침묵을 잊을 때까지 침묵한다

이상하다

이상한가

양평에서

비가 그치고 구름도 흩어지고 있다

아직도 가지런하지 않은 시간의 간격과
처음과 끝들
허리가 꺾인 길 위에 잠시 멈추어 서서
먼 시간의 속살을 헤집어본다
매듭진 시작, 터진 옹이 같은 마무리가 즐비하다

마무리란 완성이던가
불현듯이 낯설어지는
이 단어는 무슨 의미이던가
그보다도
시작이란 무엇이던가
처음이 생각나지 않는 것은
중간이 실종되어 버린 처음이었기 때문일까

꼭짓점 하나 모으지 못하던 그때의 중간
가도 가도 끝이 보이지 않던 남루와
마침이 없었던 마무리들을 밟아가며
풀리지 않는 처음을 찾으러 지금이라도

되돌아가야 하는 걸까

양평에 와서
먹빛 하늘도 구름에 씻기어 파래지는 걸 보았다

적멸

이보다 더 끝이라 말할 수 있는 칠흑이 있으랴

목숨이 세상에 하나씩 떨구고 가는 정적
그 적막한 이후를
수그려 죽음이라 이름하지 않을 도리가 없다

흔적을 더듬어
뒤돌아보며 살던 남루도
지평선 거기까지

무궁한 부재 앞에서
나 그저 버러지처럼 침묵하랴

고독

빛을 뒤로하고 어둠을 향하면
그림자의 어둠을 본다
어둠을 뒤로하고
빛을 지향하면 무엇을 얻을 수 있을까

진심으로 진심에 대어본다
어느 쪽도 두텁지 않다

마주 서는 손뼉 하나
정지이거나 기다림

굽은 오이 같은 잠에서 깨어나고 싶다

참으로 오래된
맷돌의 손잡이

나의 부서진 어금니

단상

정돈된 자리에 홀로 앉아
미세하게 흔들리거나 흐르는 동작을 감지한다
둘러보아도 부동의 제자리인 양
거대한 바위가 서서히 침식되듯이
수면 위에 물결이 일 듯이
오감을 건드리는 이 변화가 어떤 지배를 연상케 한다
숨은 의미가 무지의 바닥을 기는 무기력한 충동을 일으키고
그것이 생명이든지 존재 같은 개념이 아닌
보편적이며 필연적인 시간의 모험이라는 느낌을 준다

잊지 말아라
몸과 마음의 자연은 어딘가를 지나가고 있다
물 위든 창공이든
뒤에 아무 흔적도 남기지 않는다
기억이라는 정류장은 가설이다
작은 집은 증발하여 날아가 버리고
그 속을 가득히 채우던 호흡들은 적막이 된다

그렇지 않다면

지금 우리는 이 우주의 순간

어디쯤 머물러 있다는 말인가

개암사에서 2

햇살이 건드리면 드러나는
산하의 가치는 이미 낮의 과거이다

몇 장의 기억으로 접혀 밤의 어둠이 될 것들이
눈앞에서 빛난다
밤중에 빛나는 것은 허구일 뿐
그것들은 불확실한 어둠을 필요로 한다

종내 알 수 없는 좋은 것, 소유란 무엇인가
이 같은 찰나의 집착을 증명하는 방법은
기억에 대한 반성밖에 없다

주위를 찬찬히 돌아본다

촉새 같은 바람이
절 마당을 종종걸음으로 지나가고
추녀 끝에는 풍경 소리가
들릴 듯 매달려 있다
대웅전 안에
인기척은 간데없고

체온이 식은 방석 몇 개만 나란하다

여기 대체 무슨 일이 있었단 말인가

처음

처음이었던 것들이
떼 지어 올 때

변형된 모습으로 물결치며
어떤 것은
물이 흐르기 직전의 망설임 같은
처음 그대로

끝단에서 처음이 되고
되돌아와 처음이 된 것들
일생을 반복하여
핏줄 푸른 광맥의 어둠과 빛을 관통한 것들이
사념과 후회의 모세관을 통해 느리게 퍼져나가며
구릿빛 불꽃으로 쓱 솟아나기도 하며 다시 새로워질 때

처음을 처음답게 하기 위하여 나는
이따금 낯선 문 앞에 서서 기다리곤 한다
기다림이라는 침묵을 믿기 때문에
비록 죽음이나 탄생을 넘는 엄혹한 모방은 아닐지라도

하지만 흐리고 외진 날에는 그냥
바닥에 주저앉아 생각한다
현실의 프리즘이 분광시키는
주체하지 못하는 자아에 대하여

박물관에서

삼엽충 화석의
수명을 생각합니다
무궁에 가까운 저 세월을
무슨 인연으로 얻은 것인가 하고

살아서 사는 것과
죽어서 살아남는
둘 다 수명이라 아니할 수는 없겠지요

생명과
죽음의 화석을 두고
그 사이를 갈지자로 걸어봅니다

좀처럼 한쪽이 집히지 않습니다

아무런 깨우침도 없이 목숨의 격을 따져보는
건방진 시간이었습니다

흔적

그것은 지우거나 지워진 요람이에요
낡은 휘장을 걷으면
자리마다 꿈틀거리며 몸을 일으키는
오래된 버린 꿈들이 있어요
빛은 아주 섬세한 충동의 무늬를 쪼여
바닥으로부터 몰아온 깨어난 것들을
곧추선 채로 눈앞에서 흔들리게 합니다

먼 시간의 바탕 여태 고요하네요
또한 지우거나 지워져서 존재하는 소리들
귀를 펼치면 공명해 오는 습한 입김
사라지는 것들은 한곳에 살아있고
마음이 소멸시키는 것은 색채와 진동뿐이에요

나는 바랍니다 어느 겨울
흔적마저 흔적 없이
그대, 잊힐 일 하얗게 잊힌다면

올봄에도

꽃을 바라보다가
꽃이 되었던 적이 있나요

나에겐
누가 다가가도 꽃으로 피어나게 하던
그런 사람이 있었습니다

올봄에도 그 꽃
제일 먼저 피어났습니다

습작 노트

물도 고이면 숲이 되더라
나무는 바람에 잎물결을 일으키고
물은 투명하게 결을 세워 호응하느니
숲은 물
바람은 시간이라

세상의 언어는
수면에 아니면 초록의 벽에 이르러 잠잠하였으나
이제 나는 시간의 결이 되어 일깨우는
참회의 도에 가깝다

고요한 가슴에 일렁이는 사람의 일들이
한때는 죽은 듯 숨었다가도
모락모락 날숨으로 살아나는 숲 단정하고
물 조요하게 차오를 때
눈 몰래 깊은 적막에 이르러
대고大鼓의 소리로 치고 드는 깨달음을
몇 글자의 운신으로 비로소 이루어라

제2부

오래된 사진

사진 속의 젊은 어머니는
늘 웃고 계신다

다가가 마주하면 기억 속에 되살아나는
그날 그때

어머니의 웃음소리에 귀를 기울이다가
아이가 되어
엄마를 불러본다

어머니는
혼자만 들을 수 있는 작은 목소리로
오냐, 그래
대답해 주신다

어머니보다
나이가 더 든 나는
왠지 자꾸 눈물이 난다

생일 아침에

늙은 두루미처럼 살다가
어쩌다가
어머니와 같은 나이가 되는 날
아버지보다
하루라도 더 오래 사는 그런 날이 오면
그 덤 같은 날들 무슨 낯으로 연명해 가야 하나
물밑을 휘젓는
이 긴 부리는 얼마나 송구스러울까

생일 아침
나는 물가에 내리지도 못하고
날개를 그만 접고 만다

생일

어머니 마음처럼 살아오던
자신을 공손히 세워
어머니를 뵙는
오늘은 내가 태어난
어머니의 날

내일

어제는 웃음을 찍는 사진관에 가서
천연색 독사진을 찍었고
오늘은 목공소에 들러
대패로 몇 겹의 마음을 깎아냈다

하얀 이가 보이는 사진 한 장과
좀 더 가뿐해진 기억의 묶음을
서가 위에 나란히 늘어놓았다

내일은 아침 일찍
뒷산 숲길을 걸어보리라
별처럼 생긴 풀꽃들이 눈에 띌지도 모르겠다

종심

논배미에 물대듯 차오르는
낯설지 않은 노고老苦의 생소함이여

눈에는
앳되고 어린 것들만 반갑고
해묵은 돌쩌귀마냥
무릎은 헐겁기만 하다

꿈속에 어머니가 자주 다녀가시니
서러움의 녹물마저도 베갯모에 꽃문양으로 지는데

안부를 묻지 않아도 되는
앞서간 친구 몇이
여기저기 묵묵하다가 돌아간다

먼지

먼지 속의 먼지
셀 수는 있어도 감각은 없는 존재

사람들 속의 나
철학은 있으나 셀 수 없는 이유가 있다
그것은 누군가의 손끝이 아니라
가리키는 곳에서
명주실처럼 진동하여 최대의 진폭으로 투명해지면
원시의 계곡 같은 낮은 소리로 사람에게 스며들어
공명하는 교집합을 이루기 소원하는 때문

평화의 햇살 가운데 드러나
비로소 무용한 입자로 변신한 후
철학적 촉마저도 버리고
사람의 먼지
그보다 더 좋을 수 없는 하나로

하찮은 것

생각하지 않으면 움직이지 않고
생각할수록 위태로운 것도 있다

그렇다면
인식의 분주함이 무슨 대수랴

하찮음에 대하여 오래도록
무례했던 정의들이 있었으니
그것들은 머지않아 반성이 되려나

무지에 대하여 무지하므로
있는 것들 없고
없는 것들 있음을
마음으로 지켜본다

산책

어제는
콤비롤러에 눌려 납작했는데
오늘은 쇠스랑 끝이
흠집을 내고 있다

원고지 아래
흙냄새가 아쉬운데도
강을 찾는다

언제나 푸른 하늘
은하수길 같은 너의 강

약속도 없이

일상의 틈

절벽을 내려오며
바람의 자세로
지친 몸을 한 눈금씩 풀어놓는다

하늘빛 선율을 일구던 자투리 이상들은
아직도 허공의 모퉁이를
먼산바라기로 펄럭인다

한정된 하늘도
죽은 별의 크레바스처럼
가로로 쪼개지느니

하루를
천국으로 떠나보내기 전에
타협에 덴 입으로는
한마디 품위도 말할 수 없구나

허기진 용기에 목멘
발아래 검은 노출이여
자맥질하고 싶은 빙편의 충동이여

비어서 가득한

잃어버린 것이 남긴 정적이나
소리로 메울 수 없는 시간은
바다 위에 떠있는 빈 화포에 다름 아니었다

얼마나 오랫동안 마음의 색깔을 고르고
분간하려 했던가

다시는 담을 수 없어 허무한
허무 아닌 허무는 그대처럼
수평선까지 아득한 꿈의 환상일 뿐이었나

더위

빡빡머리 어린아이가 엄마 손에 매달려 끌려가고 있었다
엄마의 얼굴을 쳐다보며 지르는 소리에 울음이 섞여
뭘 사 달라는 말꼬리밖에는 들리지 않았다
땀과 눈물이 얼룩진 아이의 얼굴을
철썩철썩 손바닥으로 때리며
엄마도 마주 악을 써댔다

아스팔트도 녹는
여름 한낮이었다

이럴 때는 악착을 부리는 악마가 찾아온다
마음의 왜곡은 마음이 하는 게 아니다

가난한 아이의 작은 소망이
분노로 바뀐 것은 분명
그놈 탓이었을 게다

무지개

빨 주 노 초
파 남 보

물방울 전령들이
해님의 말씀을 전해 주고 있어요

보 남 파
초 노 주 빨

제일 먼저

세 살배기 아기가 손뼉을 치네요
까르르 웃네요

실언

저 만능의 색동옷
때로는 구름의 바다에 출렁이다가
이성의 쓸개나 천칭 같은 수족도 없이
한참 헐렁할 때가 있지

목젖이 마비되면 당장에
거창한 위선의 골질도 무용지물
아무리 가마솥에 고아도
우릴 수가 없어요
사람과 사람 사이 우주를
고루 반죽도 하고 난장의 회를 치기도 하다가
급기야는 베르니케영역을 휘저어 광마가 되는

말의 은둔처는 어디일까
초신성이 오듯
깊은 불신일수록 더 새롭게 발광하는
말을 듣고
말을 하다가 삐끗한 발목을 절며
혀의 마구간
숨어있는 짐승의 마그마를 몰래 기웃거려 보지만

학습효과

남을 의식하면서부터
자신을 의식하기 시작하였다
자신을 진정으로 의식하게 되자
남을 의식하지 않게 되었다

꿈

한갓 바닷속 물방울이기보다
바다를 품은 물방울이 되기를

잠이 깼다

침실이 통째로
바닷속이었다

날개

펭귄은 바닷속을 날아다닌다
허공을 날든 물속을 날든 한 가지 확실한 것은
날개도 그에 마땅한 본분이 있다는 것
마치 지폐의 그것처럼

지폐는 한갓 인쇄된 자유
그런 자유도 허공과 바다의 속박을 갖는다
그렇지 않은가
날개를 떼어놓으면 그 펭귄이 아니듯이
속박 없이 어떻게 지폐가 자유이겠는가

커질수록
군색한
펭귄의
날개

네가 있어서

하루 종일 아침인 날은
아침이어서 좋고

하루 종일 한낮인 날은
한낮이어서 좋고

진종일 저녁인 날은
무엇보다
저녁이라서 더 좋다

제3부

분꽃

여자에게서는 분꽃 냄새가 났다

어둠 속에서만 꽃을 피우던
그녀가 웃을 때
눈가에는 고백처럼 이슬이 맺히곤 했다

여자의 속마음은
세모시보다 더 삽삽하고
하얄 것 같았다
그녀를 안으면
그토록 깨끗해지는 것이었다

내가 서러움을 아는 나이에
여자는 까만 꽃씨가 되어
꽃받침 위에 웅크리고 앉아있었다

그녀가 그리운 밤에
나는 동그란 꽃씨를 열어본다
그러고는 그녀의 슬픔에 대하여
곰곰이 생각해 보는 것이다

날마다 새로우시니

날마다 새로우시니
당신 앞에는 넘쳐 나는 것뿐입니다

나는 왠지 그 앞에 설 수가 없습니다

내 작은 그릇의 영혼은
허락도 없이 당신 품에 들어
황금의 문을 닫습니다

그곳에는 용서가 있습니다
나는 자백의 뜰을 거닙니다
새순이 귀와 입술과 손가락끝에서 자라납니다

검은 호숫가로
사랑했던 사람이 걸어갑니다
나는 눈을 가리고 얼굴을 돌립니다

당신 안에서 말없이 비우고 채우는 것들을 바라봅니다
넘치는 것이 항상 조금씩 모자라는 것을 봅니다
뜨거운 눈물이 무지개가 되는 것을

무지개가 허공이 되는 것을 봅니다

당신은 나를 조립하고 어루만져
비우고 다시 채울 수 있게 도우십니다
발아래 엎드린 내 영혼이 무성해집니다

당신이 완성하시는 부족함에
몸을 온전히 맡기는
그렇게 행복입니다

적막한 뼈

지상에서의 잠을 깬다
그녀의 청록색이 불의 눈을 뜬다
빵을 한 입 베어 물고 여전히 잠들어 있는 하늘에
뼈 하나를 심는다

추수해 놓았던 매끄런 살들은
얼음과 남자의 겨드랑이 사이에서
류트 소리로 녹아내린다
화산의 트럼펫이 포효를 하고
우레 사이로 꽃불처럼 별들이 날린다
산맥을 가리고 있던 주렴들이 속속 걷힌다

고속도로에 놓인 손수건 위에 범나비 한 마리 날아와 앉고
꽃잎 같은 밥상이 앞에 차려진다

핏줄을 따라 깃털 모양의 침대를 지고 가던 죄수가
여명을 향하여 비수를 겨눈다
잠을 깬 원시인의 이마를 흰 돌들이 장식하고
제물은 벌써부터 보석함에 가득 찬다
침묵의 살수

나는 전율에 젖는다

무대 아래에서는 의심의 눈들이 왁자하다

나는 그녀의 그림 앞을 두 번 지나간다
그리고 힘주어 암막을 밀쳐 낸다

뼈가 훤히 드러난다

가로수 길

나는 나무, 너는 길이었을까
색 바랜 가을 숲 같은 사진 속에서 걸어 나와
선 채로 기다리고 있던 나는
족적을 거두어 이제 내 곁으로 돌아온
너를 맞는다

이끼 마른 내 무릎 아래
너는 샛강처럼 눕는다

여기 간신히 균형이 보인다
수직적 수평으로
하나의 심장이
가쁜 숨을 재우고 있다

생각의 틈으로는
은근히 새나고 있는 기억의 비밀이 있다
그 암울 속에서
언젠가 그날처럼
다시 길이 되어 나는 홀로 떠나고
너는 나무가 되어있을까

너는 길
나는 또 나무가 되어

가끔, 그대의 호수

그것은 배우지 않아도 됩니다
눈은 눈으로 금방 읽히니까요

천 가지 빛깔의 음파는
언제나 소리 없이 직진합니다
전신의 의미를 한 가닥씩 여미며
눈의 언어는 깊이 내려갑니다

나는 작은 호수를 들여다보고 있습니다

출렁이지 않아도
금방 알아차릴 수 있습니다
가끔씩 호수의 저변으로 회오리쳐 들어가면
거기 신뢰의 말(言)풀들이
원색을 나누며 서로 용해됩니다

그곳에서 오랫동안 동종의 파장으로 어울립니다

갑문

나는 그녀의 눈을 바라보고 있다
나의 눈을 바라보고 있는
내 눈을 닮은 그녀의 눈을 바라보고 있다

그녀는 나의 눈을 지나 나의 눈이 함유하는 의미를 바라본다
나는 그런 의미가 함유된 그녀 눈의 의미를 바라본다

우리는 서로의 눈에는 관심이 없다
닿을 수 있는 한 사람에게 닿기 위하여
서로의 좁은 눈을 통과한다

우리는 무언가 동시에
공통적인 고뇌에 빠져있는 게 틀림없다
나는 믿는다 그게 무엇이든
허락하지 않는다 해도
눈은
갑문처럼 차근차근 열릴 것이다

님

백 가닥의 색실 가운데
으뜸 고운 색실 하나를 골라도
님을 위한 것이라면
아흔아홉 가닥의 아쉬움이 남을 거예요

님을 위한 것이라면
아흔아홉 가닥의 색실을 골라도
한 가닥의 아쉬움이 남겠지요

색실을 모두 모아 드려서
님이 어여쁜 미소로 받으신다 해도
나는 여전히 마음에 차지 않아
더덜없이 분망할 거예요

내가 그대를 사랑하여

내가 그대를 사랑하는 마음은
날마다 화요일의 표어가 되어
우주에서 내려다보는 푸른 지구의 심벌로
진주의 표피에 어른거리는 은빛 문양으로
양각되어 있다네, 내 몸의 기관에
둘 이상의 실재는 존재하지 않고
꽃다우나 꽃이 아닌 개화
만약 거기 홍포紅布 같은 잔향이라도 있다면
그것을 고지식한 위안이라고 부르겠네
필요하다면 어느 작은 숲속에 매끄러운 나신을 감추어놓고
포착할 수 없는 욕망에 젖어보는 것
혹여 누구처럼 절명의 슬픔이 경적을 울리면
꼬리에 센 불꽃을 달아놓겠네

본디 그대를 사랑하여 나를 이루고
또한 보란 듯이 해체하는 것이겠으나
그르메 같은 꽃 한 송이를 집어 든 이유만으로
나는 시간의 밖에 흔쾌히 홀로 선다네

수선화

내 마음 산호의 촉수마다
봉오리 지는 그대
숨이고기의 은밀한
호흡은 빠르고 나도 가쁘고

그러다가 수선화 같은
조금은 외람되고 서운한 사랑이 피어나
강둑에는 마노의 빗장이 걸리고
별빛이 내려 넘실대던 오래된 쓸쓸함
숨이 죽어 교교하고

꽃의 요정들이 두 볼에 비벼놓은 사프란 향기처럼
아득한 눈빛을 천지의 어둠 속에 풀어놓고
뼈의 형상처럼 멀찌감치 돌아서 가는 그대

나는 건널 수 없는 가교 아래에 서성이다가
꿈속에 잊힌 듯 웅크려 눕는다

아침은 맨발로 밤을 디디며
먼 곳으로부터 밝아오고

명중

헤아릴 수 없는 미소를 띠고
환상과 마법의 화관을 쓴 채
깊고도 푸른 바다의 전설로 짠 멜로디에 실려
그의 눈빛이
하느님이 건너다니는 구름 사이로 빗살처럼 쏟아져 내려
그녀의 심장 한가운데를 맞혔다

짧은 끈

우주의 어느 별에서 몰려오는
소리의 정어리 떼
언어 같은 표정들이 엉킨
보이지 않는 너의 하늘을 올려다본다

귓속으로
소리는 집착하여
존재 없는 심연의 고요를 가득 채운다

고막이 잠들어 있는 밤의 이명
꿈만 같은
병이라고 부르는 이 암호 앞에서
규명할 수 없는 그물을 머리꼭지까지 둘러쓰고
다시 눈을 떴다 감은 채 나는 왜 이처럼
너를 향하여 아플 줄을 모르는가
끝내 발열할 줄을 모르는가

배롱나무

해마다 아롱다롱 꽃을 피워 내더니
지난해 가지치기를 한 후
올여름을 내내 앓고 있는 것인지

전지를 한 정원사가 어찌했기에
꽃 한 송이 피워 내지 아니하고
잎새 몇 잎으로 저리 침묵하고 있는가

문득 접혀 있던 마음 갈피를 펼쳐놓고 앉아
내 시퍼렇던 가윗날 위의 아슴한 기억들을 떠올리며
저 같은 사람의 일에 대하여
배롱나무야
너와 단 둘이 이야기하고 싶구나

가을이 가네

마음 가운데에 독나지 한 평 들여놓고
가을이 가네, 그대를 따라서

머뭇대던 노을이 지듯 떠나가는 것들이
어둠의 허공이 되네
그대의 색깔 다 지워지네

한술 밥 같은 사랑 뒤에 이별이 오네
가을이 가네, 식어버린 그대를 품에 안고서

모두 다 보내고
다리를 깔고 앉아 생각하는 것 말고
무엇을 할 수 있으리, 다만
바스락거리는 기억에 대해
빈 가지처럼 안도하는 것 이외에

이별의 입맞춤도 없이 야윈 손을 흔들며
그대의 사랑이 깨금발로 멀어지네

병풍 같은 산은 허물어져 겨우내 움츠릴 것이고

아득한 자취들
어디에서나 선잠이 들겠네

알 수 없는 너에게

너에게 갇힌 나
그것을 수긍하는 이유는 그렇지 않다면
네가 나에게 갇힌 것이기 때문에
갇힌다
갇힌다는 것은 맺힌다는 의미
뿌리의 박테리아처럼 무언가를 이루어내고 있다는 것
이룰 수 있다는 가능성을 보여 주는
현상이라는 실존 그것의 변질

하필이면 나와 너의 영역에서
너는 나를 가두고 나에게 너는 갇힌다
그것을 무어라 하든지 개의치 말 것
왜냐하면 그것이 자의적인 것이기에
포기할 수 있는 것이기에
그러니 숙명 따위는 존재하지 않는 것이다

너는
너의 궁극의 변곡점은 무엇일까

나에게는 그것이 더 중요하다

나 없이 너는 없고 너에게 나는 필연이므로
하늘과 바다가 닮아있듯이
꽃을 흔들며 바람이 지나가듯이
그러나 끝내 명징하지 못한

고엽

여름내 그대는 태양만을 숭앙하였고
나는 푸르른 그늘에 몸을 숨긴 채
기다리고 있었지
욕망을 충족시킬수록 반짝이는 잎새를
그 도취의 끝을

햇살이 나무마다 앙상한 그림자를 만들고
그늘이 검게 변했을 때
잎은 마침내 깨닫지
그대의 공허한 여유와 생명의 종말을

나는 슬프게도 그때를 반기네

오랜 후에 깊은 어둠을 지나 낯선 그대
금세 봄이고 희망인 것들을
한 끝이 짧은 내 앞에 내어놓지

위안처럼
초록이 피어난다 해도
멀리서 나는 알겠네 그대의 붉은 양탄자와

높다랗게 세워놓은 빛의 제단이

누구를 위한 것인지

과추

가을 햇살 기어 다니는 봉당에
깃털이 창백한 늦깎이 어린 참새 한 마리가
입을 쩍 벌린 채
양 날개를 반쯤 펼치고서 요란하게 흔들어댄다

저만 한 어미 새가 낟알 하나를 쪼아
부리 안으로 쏙 밀어넣어 준다

우리 모두 안다

어미의 슬하에도
겨울이 얼마 멀지 않았다

내가 너라면

누군가 웃으며 밟고 간
길
차마 들어서지 못하고
돌아서던 길
어서 오라 손짓하며 부르던 그 길을

꽃신 한 켤레 새로 사 신고
날 듯
한번 걸어보겠다

제4부

유도화

자신을 사랑하기 위해서라면
단지 순결하면 된다고
꽃이 말했지, 누군가를 사랑하기 위해서라면
순수하지 않고서 어찌 이룰 수 있겠느냐고

순수가 인간의 짝수일 때
순결은 신의 홀수라고
순결이 꽃이라면 순수의 궁극은 독이 아니겠냐고

하면
독을 품은 꽃이 이상할 것도 없다고
사랑은 두 가지 개념의 수라서
해독하려 들수록 아프다고

그 말을 듣고
나는 사랑 하나를 버렸다

욕심

밖을 내다볼 수도 없고요
가쁜 숨 내쉬기도 어려워요
호기심의 삽은 벌써부터 부지런히 발판을 일구고 있지만
고개 숙인 채 조바심만 키우고 있어요
흰개미 떼처럼 이어오는 꿈은 벌써 천 가지가 넘었어요
무궁한 세상이
고운 빛깔의 벽을 넘어 보일 듯해요
간간이 들려오는 낯선 소리를 좇아
마음의 반은 밖으로 질주하니
촉각마다 새 넝쿨들이 벋는 듯해요
온몸에 스멀거리는
긁을 수 없는 간지러움 같은 욕망이
피부 아래에서 다투고 있어요
문이 열리기 전까지 확실한 것은 아무것도 없어요

미지를 그리는 어떤 이유가
이다지도 갈망하게 하는 건가요
이곳이 감옥이라는 생각만으로
해방의 의미를 규정할 수 있는 건가요

나는 바깥세상을 상상으로 치장해 놓고 지금
꽃잎에 둘러싸인 채 발을 구르고 있어요

영롱한 것

소낙비가 지나고 난 후
개천은 금세 불어났습니다
빗물이 모여 한 떼의 군마처럼
도도히 흘러내려 갔습니다

개천가 줄풀
잎끝에 물방울 하나가 대롱거리며
물줄기를 바라보고 있었습니다

이 작은 것이
햇살에 유독 영롱하였습니다

엉겅퀴

개기일식처럼 너에게 겹치는 나는
네가 보랏빛 꽃을 달고 내 황막한 영혼의 벌 위에
엉겅퀴 한 포기로 서있는 것을 보았다
나는 한동안 지나가는 것들을 보내며 나를 맡긴 채
끝없는 욕망에 보탬이 되는 시간들을 붙들어 두려 했다
그 속에서 길을 잃을 때까지

다시 나에게 돌아와
두 개의 그림자를 매달고 살던 나는
오랫동안 기형이었고
일상은 두 몫으로 나뉘어
지나간 어둡고 아름다운 일들을
의심도 해보고 그리워하기도 하였으나

가시 돋친 잎, 꽃술이 마르는 가슴에 아직도
따뜻했던 네 하얀 손이 닿아있는
첫사랑은 기이하게도
구석에서 쪽빛으로 떠오르곤 하다가
종내 검붉게 응고된 어두움에 휩싸이며
금환을 이루어내는 것이었다

화해

겨울과 여름 사이

다시 너와
나 사이

변명

새벽녘에 잠이 깼습니다

창밖을 내다보니
함박눈이
펄펄 내리고 있었습니다

밤새워 온 마당에
소복이 쌓이고 있었는데
나는 몰랐습니다

그것이 첫눈인지도
몰랐습니다

쥐

시월의 광장이 옮겨 와
나의 대퇴이두근에
비복근에 함성이 뒤얽힌다

언젠가부터 광화문의 쥐들은
밤마다 이곳에 모여든다
촛불로 스산한 대기를 태우며
엄격한 행진을 시작한다
검은 바람의 숲에서
까맣게 부풀어 오른
적의에 찬 눈동자들이 번득인다

이천십팔 년을 뒤로
떠들썩한 물길이 되어 흘러가는 그들은
생체의 상위법보다 더 어엿하다

아픈 다리를 딛고 일어나
그들 이념의 팡파르 사이를 들여다본다

아무것도 없다

꽃마리

진작에 강물처럼 풀린 여름

꽃마리 꽃잎에 잉잉거리는
하늘색이 눈물처럼 깨끗해서

그대의 옷섶 작은 꽃받침 위
하얀 부표가 되어 살랑대던
어린 나비 한 마리 반짝이다 부서져 내리고

그리운 날들
하마 다 지지 못하고 남은
꽃잎의 꿈은
다시 젖은 얼굴을 맑게 쳐들고

풍경

몸을 뉘어도 앙탈이거나 포기가 아닌
휴식이고 싶었습니다
누우면 누운 채로
절망이 되는 것도 있었지요

나무가 평생 서서 사는 이치나
바위가 제자리를 털지 않는 이유를
새삼 물을 것도 없었습니다
서로는 서로가
상상의 범주를 벗어나지 못하니까요

안다는 것은
바라보는 것이더라구요
저마다 가슴 안에 내린 닻은 그 누구도
쉽사리 거두어 올리지 않았습니다

사람의 벌판에서
아직도 나무인 나무입니다
여전히 바위인 바위입니다

가을 편지

봉투에는 주소가 없으니
배달하지 않아도 되고
누구에게나 보낸다 해서 안 될 것도 없고

마음만큼은
작지만 붉게 익은 고욤 같아서
장맛비 온 뒤 농부들처럼 종종댈 사연도 아닌지라
나의 편지
아무나 읽어도 좋고
읽지 않는다고 서운할 일도 없고

소슬바람에 훌훌 날려
새털구름처럼
구구절절 허공으로 흩어져 버린다 해도
거기 높다라니 푸르름을 벗할 테니
나는 일절 상관 않으리, 내 그대
가을이여

한 톨

이로써 구球를 이루어
미래의 각角들 품에 안다

마침표 찍어
문 닫는 소리

한 계절 검게 태운 피막에 가려
속살은 푸르렀으니
드디어 세 번째 행성을 시늉하였으니
때를 맞으면 지어미의 의미로 돋아나리라

우주를 받치는 뿌리
속칭 한 톨

풍뎅이

목이 비틀리고 한쪽 날개를 떼인 채
바닥을 쓸며 돌고 있는

날아라 풍뎅이
허공에서 누군가 외친다

살아있는 한 날아올라라
시늉이라도
네 안의
네가 거역할 수 없는 뜻에 따라

분명한 그것
본능으로라도 복종해야만 하는
거룩하
신
의
뜻

그런 자유

당신이라는 독재
우리라는 속박

금빛 화살이 관통한
장미꽃으로 만든 바퀴

회전목마의 무지개 성에 갇힌
목맨 자유를
나 아닌 당신
죽어도 모르실 거야

청년

천둥과 우레를 하늘에 되돌려 보낸 그 청년이
바다의 우거진 나락으로 몸을 던져
가장 힘들고 수월하기도 한
길고 긴 초록의 침묵이 되었다
청년은 언젠가 스스로를 순명의 햇살에 태워
갈잎의 재가 되고 싶었을지도 모른다

그의 눈은 한동안
무엇을 보려고 했을까
두 손은
무엇을 잡으려 했을까

제라늄

시골집 창가에 내어놓은 제라늄에
분홍 꽃이 피어있었다

남아프리카가 원산지인 쥐손이풀과
꽃잎이 다섯 장이고 가지에 붉은 샘털이 돋는
이 식물에 대하여 나는 알고 있다
은하계에 떠있는 별을 아는 것만큼
상상할 수 있는 한껏 혹은
일부이긴 하지만 그의 기능과 구조를

그러나 안다는 것은 모른다는 것
지식이 착각이거나 자가당착이 아니라면
우리 모두 모름지기
꽃도 바위도 햇빛도 될 수 있었다

사념 속에 숨어있는
길을 찾기 위해 걷다가
끝내 꽃도 바위도 햇빛도 될 수 없음을 깨달을 수 있었
던 것은
풍요로운 무지 속에 새 눈을 뜨기 때문이다

무지로 인하여 살아있는 안식을 얻고
그보다 더 다행인 것은
희망을 품는 데 제한이 없음을 알아차리는 것

나이가 들면
적어도 이 정도는 눈이 밝아지기도 하는지
그래서 자꾸 또 걸어야만 하는지
거미의 길 달팽이의 길 또는 바람의 길을

누드

노동으로 만든 근육에는
과장이 없느니
너의 이력이 적나라하게 드러날 때
거울은 말해 줄 것이다

보아라
진짜란 바로 이런 것이다

피아노

우직하고 비밀스러운 네 앞에서
나는 내 일상의 순수로부터 격리되고 싶다고 고백한다
나의 순수는 리듬도 박자도 없는 거친 원석

너의 맨발 위에 맨발을 대고 열 개의 손가락으로 네 가
슴을 헤칠 때
불협화음으로 나의 고독이 노출되어
마치 너를 승자처럼 우쭐거리게 만들겠으나
나는 개의치 않을 것이다
위로하려 말라 너보다 더 쓸쓸한 너의 음률을 나는 안다
한곳을 두드리면 하나가 아닌 소리로 화답하는
그것은 우리의 원초적인 백색 절망이다

깊고 그윽하게 슬픔이 나를 휘저을 때
안단테 안단테 너는 슬프고
네가 진실하여 나도 눈물을 흘린다
그것이 공명이다
나의 비애 나의 저항
그리고 너의 공감 우리의 희망조차도

너는 나의 비어져 나온 감성을 선택한다
나의 진실과 서투름을 비약시킨다
빛을 감추고 암흑을 덮는다
그 속에서 내가 얻는 고뇌는 돌비늘 같은 은빛 본색

너의 은밀한 바탕에서 보내온 신호를 그러나
나는 기억에 둔다, 피아노여
여리고 부드럽게 호흡을 고르고서 나는 손목과 어깨의
힘을 뺀다
손가락을 높이 들어 올린다
눈을 감으면 달빛의 언덕 폭풍의 허리

낭자한 음표들은 크리스털 조각에 반사되어
너에게 다시 돌아간다, 포르테 포르테
내가 불러낸 것들이
너의 여든여덟 가닥 강선이 되어
마침내 고요에 잠길 때까지

우리 서로를 정렬하거나 다듬어주지 않았어도
한여름 열기에 익어가듯이 내부의 과일들이 여문다

원석으로 돌아오기 전에

과즙을 짠다

나는 과즙에 젖는다

이 순간 피아노여, 너도 젖는다

실존의 감수성과 공명

김병호(시인, 협성대 교수)

　인간은 기본적으로 사회적 존재이기 때문에 본원적인 자신이 아니라, 자신의 이미지를 요구하고 강제하는 시선의 규제와 간섭에 놓이게 된다. 동시에 인간 스스로 이 사회가 편안하고 안락한 공간이라는 자발적 환상과 규범 안에서 안주하려고 한다. 주어진 인식과 관습의 토대를 의심하고 벗어나고자 하는 것은 인간에게 대단히 불안하고 위험한 일로 간주되기 때문이다. 이것이 인간의 본능이다. 그러나 시인은 자아와의 진실한 대화를 위해, 인간의 기본적 가치와 자기표현의 욕망을 위해, 기꺼이 탈주를 꿈꾼다. 소문난 숨은 명의로 알려진 노두식 시인 역시 이러한 탈주를 감행하고 있다.

노두식 시인의 세속적 이력이 대변하듯 그는 세상이 알아주는 한의사로 성공적 삶을 살아왔지만, 그러한 삶과 별개로 존재와 소멸의 운명을 치열하게 응시하며 순연한 가슴으로 자신의 느낌과 사유를 좇는 시인으로서 고독하게 삶을 욕망한다. 그는 사회인으로서 스스로의 삶을 세상의 문법에 끼워 맞추면서도, 삶의 관성을 거부하는 자기 구원의 공간으로 시를 꿈꾸는 이중적 삶을 희망한다. 생활인으로서 세계와 무리 속에 섞여 살아가면서도 시인으로서의 소통과 단절의 외줄 타기를 마다하지 않고 자신의 언어를 모색하는 고난한 삶을 스스로 선택한 것이다.

고독한 단독자로서 진실과 자아를 찾는 절박한 목소리를 가진 시인에게, 어쩌면 자아가 우주의 전부일지도 모르겠다. 그는 이번 시집 『기다리지 않아도 오는 것』을 통해 단순히 우리의 삶을 재현하는 것이 아니라 자신만의 상상력과 감수성을 통해 존재의 내면적 진실에 닿으려고 한다. 현실적 세계가 망각하거나 파편화시킨 존재의 통합적인 감각을 회복시키는 동시에, 생에 대한 온전한 가치를 지켜내고자 하는 것이 시인으로서의 몫이라 여기고 있다. 우리는 흔히 시인의 존재적 운명이 마치 저주받은 고아와 같아서, 세상과 불화할 수밖에 없으며 고독과 상실이라는 불가피한 실존적 문제를 안게 된다고 쉽게 말한다. 특히 현대의 이성적 합리성이 극단화되고 영혼과 신비를 거세당한 현대 세계에서 시인의 몫은 그렇게 규정된다. 하지만 인간적 가치와 존재의 결핍을 표현하면서 파편이 아니라 전체, 갈등과 소외

가 아니라 화해와 조화, 그리고 치유를 통해 분열된 존재의
통합성을 추구하는 모습이 이번 시집을 통해 노두식 시인이
우리에게 보여 주려는 진경이다.

시집 『기다리지 않아도 오는 것』은 인간 삶의 총체성을
폭넓게 살피려는 어떤 국면들을 갖추고 있다. 한 편 한 편
이 삶의 여러 양상과 정신적 · 정서적 대응을 이루고 있어,
시에서 전달되는 시적 감성이 풍부하면서도 지극히 현실적
이다. 특히 촘촘하게 그의 작품들을 읽어보면 애잔하면서
도 맑은 운율과 함께, 현실적 삶의 응전보다는 지고한 세계
로 나아가려는 존재의 무게감도 묵직하게 느끼게 된다. 무
엇보다 필자에게 인상적이었던 부분은 '공명共鳴'이었다. 그
는 시집 전체를 아울러 이 우주의 시간과 공간에서, 불꽃을
잠시 피워내다 섬광처럼 사라지고 마는 유한한 존재에 대해
집중하고 있다. 그래서 시인은 자신의 생과 존재에 대한 처
연한 마음을 갖게 되는데, 이는 부유하는 삶과 존재의 숙명
을 수긍하고자 하는 몸부림으로, 시행 사이에 잘 녹아있다.
때로는 슬픔으로 때로는 체념으로 그리고 때로는 체득으로
표현될 때 우리 역시 그의 숙연한 공감에 전율하지 않을 수
없게 된다. 우리 시대의 시가 가져야 할 위엄을 그가 갖추
고 있다고 할 수 있다.

눈에 보이는 것들을 가져온다

가져오는 동안에만 내 것이 되는

그것들을 나는 가질 수가 없다

그들의 시간과 공간은 내게 오지 않는다

극히 일부분

바라보는 동안에 보이는 것들이 내 것이 되고

그것들을 나는 가질 수가 없다, 그것들을 가질 수 없는

행복의 길이에 대하여

욕망의 부피와 느린 빛과 고정된 배경들이 나에게 오는

면적에 대하여 생각한다

보이는 것들을 바라보다가

가져오는 동안 내 것이었던 가치들을

다시 하나씩 지워가면서

아직 가져오지 못한 미지의 질량에 대하여

골똘히 생각해 본다

―「바라보는 동안」 전문

이 작품에서 주의 깊게 읽어야 부분은 '동안'이라는 진공 시간이다. "가져오는 동안"과 "바라보는 동안"의 시간 사이 에서 펼쳐지는 시적 갈망은 인간의 존재론적 측면과 깊게 관련되어 있다. 유한한 존재로서 가지게 되는 삶의 결핍은 보다 영원하고 영적인 존재를 꿈꾸게 한다. 시인은 세속적 삶의 과정을 다 거치고 난 뒤, 존재의 가장 본질적인 국면 과 화자가 맞닥뜨렸을 때의 풍경을 치열하게 해명해 가고 있다. "눈에 보이는 것"에 갇힌 물질적 제한성을 극복하고,

삶의 진정성을 담아내는 구체성과 함께 삶과 존재의 문제에
가 닿는다. 화자는 대상이 거느리고 있는 시간과 공간을 모
두 소유하고 싶어하지만 그것들이 원천적으로 불가능한 일
임을 이미 깨닫고 있다. 그래서 이 작품에서 보여 주는 화
자의 시적 대상에 대한 욕망은 존재의 본질적 국면으로 치
환된다. 화자는 이미 "바라보는 동안에 보이는 것들이 내 것
이 되고/ 그것들을 나는 가질 수가 없"음을 알고 있음으로써,
행복과 욕망에 대한 예민한 의식과 제 존재에 대한 깊은 성
찰을 시도하기 때문이다.

그런데 시인의 이러한 해법은 다소 파격적이거나 독특
하다. 존재의 본질적 국면인 욕망의 문제를 자각하며, 애
써 회피하고자 하는 것이 아니라 오히려 욕망을 지워감으
로써 욕망의 무서움을 내면화하고 있으니 말이다. 게다가
시인만의 방식으로 욕망을 활성화해 낸다. 즉 "가져오는 동
안"과 "바라보는 동안"의 시간의 차이를, 자신의 욕망을 온
전히 통과하고 이해해야만 초월할 수 있는 차원의 영역으
로 상정한다. 화자에 의해 유형화된 이 진공의 시간은 인
간의 의식에 의해 포착될 때에만 존재하는 시간이다. 화자
에게 '동안'의 시간은 존재 그 자체이거나 존재를 이루고 있
는 본질이기 때문이다. 화자가 바라보는 시적 대상은 화자
가 "바라보는" 구체적 욕망을 작동하는 동안에만 화자가 소
유할 수 있다. 화자는 '동안'을 벗어날 수도, 벗어나지 않을
수도 없는 이중적 자의식을 표현하고 있는데, 이 지점에서
시인은 소유와 욕망에 대한 상당한 깊이의 형이상학적 사

유를 담보해 낸다.

　시인은 우리에게 하나의 화두를 던진다. 가질 수 없는 행복과 욕망을 지워가며 깨닫게 되는 '미지'란 무엇일까? 화자는 '동안'의 시간 동안, 축적된 가치를 지우며 오로지 대상의 온전한 가치를 회복시키고자 의지만을 형상화해 보여 준다. 그것은 자신이 절대 소유할 수 없는 미지의 가치를 성찰하는 하나의 태도이기도 하다. 노두식 시인에게 이 '미지'의 것은 단지 질료로서의 대상이 아니라 대상이 지닌 오히려 선험적 존재의 형식이 아닐까. 시인은 처음부터 이 욕망의 좌절된 행로를 알고 있었는지도 모르겠다. 그리고 흥미롭게도 이런 욕망의 배제는 시인의 시론과 이어진다.

　　너를 기다리다가

　　누군가에게 떠밀리어 앞으로 걸어갈 때

　　네가 등 뒤에 와 선다 해도 그건

　　아무 언어도 아니지 하나의 방식일 뿐

　　그냥 춤사위 같은 방식일 뿐

　　기다리는 네가 오지 않으면

　　나는 선인장처럼 멈춰 서면 되지

　　멈춰 서서 다시 뾰족하게 기다리면 되지

　　샘이 고일 때까지 하냥 목마르면 되지

　　그러다가 쓰러져 버리면

그도 그만이지

하지만 네가 내 앞에서
세상의 언어가 되어 걸을 때
맨손으로 등을 쓰다듬어 너를 고르는 손가락의 시늉만
으로도
한 페이지 가득 율동으로 완성되는
비로소 너는 나의 지울 수 없는 무늬가 될 것이지

그렇다 해도 기다림이야
한갓 천둥지기의 시름에 다름 아닌 것이니
나는 그대로 다소곳하리

—「천둥지기」 전문

시인이 이 시집 전체를 통해 보여 주는 욕망의 방식은 다
소 내향적이거나 소극적이라고 평가할 수 있다. 하지만 소
극의 표지 속에는 항상 어떤 함정처럼 집요함이 숨어있기
마련이다. 「천둥지기」에서 시인은 '동안'의 시간과 같은 기
다림을 이야기한다. 당연히 기다림은 시간의 산물이다. 이
렇게 보면 노두식 시인은 시간의 물질성에 자신만의 고유
성과 특권적 상상력을 유연하게 조율하는 시인임이 틀림없
다. 그에게 기다림은 하나의 소명의 방식이다.

너를 기다리면서 화자는, 목이 마르고 쓰러져 버리면 그

만이라고 한다. 시간의 물질성이 산화되는 것을 인정하는 화자의 태도에는 존재의 불가피한 고통이 함축되어 있다. 소멸에 대한 일종의 두려움, 본능이다. 시인은 앞의 시에서 보여 준 '동안'의 시차처럼, '기다림'의 기간을 통해 화자 깊이 내면화되어 감추어져 있는 '존재의 불안'을 활성화시킨다. 기본적으로는 '천둥지기'라는 제목이 시인의 불안을 상징적으로 표현하고 있다. '천둥지기'는 천수답天水畓의 또 다른 말로, 하늘에서 내리는 빗물만으로 벼를 키울 수 있는 논을 의미한다. 천수답의 운명이 오로지 하늘에 달려 있는 것처럼, 화자의 운명 역시 오로지 '너'에 달려 있는 불안의 정점에 놓여 있다. "기다림이야/ 한갓 천둥지기의 시름에 다름 아"니라는 화자의 독백은 존재의 불안을 넘어 현실의 슬픔에까지 이어진다. 실존의 불안과 그 불안을 담담하게 내맡기는 화자의 자세는 고독한 시인의 운명이며, 시인이 갖추어야 할 초연한 삶의 태도라고 하겠다. 이때 시인은 숙명적 체념에서 발생하는 초연한 삶의 태도로 애잔한 시적 울림을 만들어낸다. "네가 내 앞에서/ 세상의 언어가" 될 때에 화자의 복잡한 마음의 행로는, 인간 존재의 가장 구체적이고 진실한 표상으로 독자에게 다가온다.

　　물도 고이면 숲이 되더라

　　나무는 바람에 잎물결을 일으키고

　　물은 투명하게 결을 세워 호응하느니

숲은 물

바람은 시간이라

세상의 언어는

수면에 아니면 초록의 벽에 이르러 잠잠하였으나

이제 나는 시간의 결이 되어 일깨우는

참회의 도에 가깝다

고요한 가슴에 일렁이는 사람의 일들이

한때는 죽은 듯 숨었다가도

모락모락 날숨으로 살아나는 숲 단정하고

물 조요하게 차오를 때

눈 몰래 깊은 적막에 이르러

대고大鼓의 소리로 치고 드는 깨달음을

몇 글자의 운신으로 비로소 이루어라

—「습작 노트」 전문

이 작품의 행간에는 노두식 시인이 생각하는 시인의 노
릇과 시에 대한 순정이 고스란히 녹아있다. 부동 정지의 세
계에 활력과 생명의 호흡을 불어넣는 바람은 '시간'이며, 화
자 역시 스스로 "시간의 결이 되어" 세상의 언어를 깨운다.
시인은 이를 "참회의 도"에 비유한다. 이러한 의미적 맥락
은 앞서 읽은 '동안'의 시간, 기다림의 시간과 다르지 않다.

화자에게 시는 죽은 듯 숨어있던 사람들의 "고요한 가슴"을 일렁이게 만드는 바람이며, 적막 속에서 울려 퍼지는 '대고'의 깨달음이다.

시인은 화자를 통해, 시인으로서 이 세계에 존재하는 우주의 원리를 제 나름대로 깨우치며, 그것을 의례적 차원이 아니라 고차원의 비유와 표식으로 남기고자 한다. 이러한 시도는 값싼 정서와 화려한 포즈에 갇혀있는 요즘의 메마른 시에 죽비를 내려치는 것과 다름없기 때문에 결코 예사롭지 않다. 화자는 누구보다 시인으로서의 본분을 귀하게 여긴다. 스스로의 성찰을 통해 절박감과 필연성에 초점을 두고 시인의 사명이 무엇인지를 나지막이 읊조린다. 그 말이 우리를 향한 것인지, 스스로를 향한 것인지는 문제가 되지 않는다. 시인의 운명을 점지받은 자로서, 기다림의 자세와 스스로 바람이 되어, 적막의 정점에서 온몸으로 감당해야 하는 운명을, 자연의 섭리로 변주한다. 이는 시인이 그려내는 또 다른 차원의 우주적 신비라고 할 수 있다. 숲과 나무가 불러 가르쳐준 시인의 노릇을 이렇게 노래하는 것은 노두식 시인의 또 다른 운명이며, 『기다리지 않아도 오는 것』의 전체적 맥락과 그의 시관詩觀으로 볼 때 절실할 수밖에 없는 행위이다. 사람의 일을 깨우는 북소리는 시이고 사람이다. 그래서 시인에게 시는 "참회의 도"에 가깝고, 시인의 운명은 범상을 벗어날 수밖에 없다. 「습작 노트」에서 보여 주는 시인됨에 대한 자각은 대단히 본질적이며 심원하다. 물과 나무, 바람과 숲에 대한 직관은 놀랍기까지 하다. 무질서와

무의미로 가득 찬 세상을 날숨으로 살아나게 하는, 시의 존재적 의미는 시인의 의지에 맞닿아 있다. 이런 지점이 바로 노두식 시의 진경이다. "참회의 도"로 시인으로서의 전 존재성을 바치는 의지의 밑바탕에는, 시인이라는 존재의 매혹과 치명성이 선명하게 드러난다.

사진 속의 젊은 어머니는
늘 웃고 계신다

다가가 마주하면 기억 속에 되살아나는
그날 그때

어머니의 웃음소리에 귀를 기울이다가
아이가 되어
엄마를 불러본다

어머니는
혼자만 들을 수 있는 작은 목소리로
오냐, 그래
대답해 주신다

어머니보다
나이가 더 든 나는

왠지 자꾸 눈물이 난다

—「오래된 사진」 전문

　이 시집의 다른 한 축은 '어머니'이다. 이때의 '어머니'는 우리가 이전에 수많은 시편들에서 목격했던, 자동화된 인식과는 다르다. 그의 시에서 어머니는 일상적 자아에서 벗어나 진정한 자아를 찾기 위한 인식의 여로로서 작동한다. 어머니는 시인에게 삶의 방향성과 함께 각성의 계기를 제공한다. 그리고 시인은 이를 자기 존재의 승화로 전제한다. 「오래된 사진」 역시 구체적 일상의 한 장면에서 출발한다. 작품의 시발점이 되는 어머니의 젊은 시절 사진은, 그의 시가 좀 더 구체적이고 사실적인 풍경을 갖추고 있음을 증명하면서, 그의 시가 어려운 심리적 기법을 쓰지 않고도 하나의 훌륭한 내면적 진술을 만들어내고 있음을 보여 준다. 누가 보더라도 쉽게 공감할 수 있는 형태를 취하며 노두식의 시는 낮고 쉬운 데에서 출발한다.
　특히 어머니보다 나이가 더 든 화자가 사진 속의 어머니를 '엄마'라 부르는 장면은, 스스로에 대한 인식의 전환을 통해 존재의 전환까지를 시도하는 모습으로 읽힌다. 화자가 사진 속의 어머니를 들여다보는 까닭은 단순히 어머니에 대한 그리움 때문만은 아니다. 타성화된 삶에 대한 각성이고, 피상적으로 인식하던 세계를 다시 들여다봄으로써 자신의 본래 실재를 깨닫는 의미를 내포하는 행위다. 이러한 추론은 "오냐, 그래"라는 어머니의 작은 목소리에서 확인된다.

지금의 화자를 인정하고 이를 자신의 삶에 대한 절대적 위로로 받아들이는 암시에 전제되어 있다. 시인은 차단되고 고립된 부정적 현실의 존재에서, 진정한 삶의 가치를 되돌아보는 전환의 가치를 어머니를 통해 획득하게 된다. 따라서 "왠지 자꾸 눈물이 난다"는 화자의 고백은 자기 삶의 태도에 대한 반성인 동시에 진정한 존재로 거듭나기 위한 하나의 과정, 즉 '동안'의 시간이 된다.

화자가 기억하는 "그날 그때"의 시간은 화자로 하여금 본능적인 목마름을 유발시킨다. 갈증은 존재의 무료함에 대한 인식이자 새로운 존재에 대한 추구인데, 그것은 인식의 싹틈이라고도 할 수 있다. 화자는 여기에서 어머니를 통해 이전과는 다른 새로운 존재성을 획득하고자 한다. 본질적 측면에서의 갈등을 달래줄 수 있는 존재는 신이 아니면 어머니가 유일하기 때문이다.

시인의 이러한 인식은 다음의 작품에서도 일관되게 유지된다.

가을 햇살 기어 다니는 봉당에

깃털이 창백한 늦깎이 어린 참새 한 마리가

입을 쩍 벌린 채

양 날개를 반쯤 펼치고서 요란하게 흔들어댄다

저만 한 어미 새가 낟알 하나를 쪼아

부리 안으로 쏙 밀어넣어 준다

우리 모두 안다

어미의 슬하에도
겨울이 얼마 멀지 않았다

—「과추」 전문

　과추는 가을을 난다는 의미인데, 여기에서 시인은 '난다'
의 의미에 살아낸다는 의지까지 투영하고 있다. 보다시피
작품의 비유는 매우 선명하다. 어린 참새임에도 시인은 굳
이 '늦깎이'라는 수식어를 붙여 감정이입에 충실해 있다. 그
리고 어미 새 역시 "저만 한"이라고 표현하며 어미의 노고
를 더욱 극대화하고 있다. 이러한 수사적 장치는 시인이 지
닌 의식의 지향성과 관련되어 있으며 동시에 화자의 실존
적 배경에 대한 탐색을 시도한다. "입을 쩍 벌린 채/ 양 날
개를 반쯤 펼치고서 요란하게 흔들어"대는 어린 새의 모습
은 화자가 지닌 삶에 대한 의지를 강렬하게 형상화면서도
어린 새의 미숙함도 고스란히 보여 준다. 그런데 이 작품에
서 눈여겨봐야 할 부분은 3연이다. "우리 모두 안다"는 1행
으로 구성된 연에서 시인은 전면적인 인식의 전환을 시도한
다. 3연의 진술은 시인이 화자의 성숙한 인식에 독자를 적
극적으로 동참시킴으로써 감정의 깊이를 더욱 가파르게 만

들어내는 전략을 구사한다. 화자가 "우리 모두"라고 호명함으로써 독자의 공범 의식 혹은 동료 의식을 배가시키고 이를 통해 인식의 엄중함도 가중시키는 방식이다. 시인으로서의 단호하고 예리한, 운명의 지향성을 엿볼 수 있는 지점이기도 하다.

한편 "어미의 슬하에도/ 겨울이 얼마 멀지 않았다"는 마지막 연의 진술은 어린 새의 전 존재성을 생의 한복판에 올려두는 위기감과 절박함을 부각시킨다. 시인은 이제 어린 새가 스스로를 지켜내야 하는 일과 어미 새가 어미로서의 몫을 마감하는, 삶의 스산함을 예감케 해준다. 비극적 결말을 그려내는 것이 아니라 독자로 하여금 충분히 짐작하게 하는 것은, 그만큼 시인의 시적 정신이 높은 경지에 올라있음을 단적으로 증명하는 부분이라고 할 수 있겠다. 어미의 슬하는 삶의 자리에서 완전성이 충일한 공간이다. 그런데 이러한 공간의 상실은 삶의 평화와 안식이 휘발하는 두려운 현실에 맞닥뜨리게 되는 당혹함을 예정하고 있다. 예정된 슬픔의 저변에서 화자는 우리의 삶과 존재에 대한 본질적 성찰을 시작한다. 자신의 존재성을 온몸으로 느끼는 어린 새의 치명적 극단을, 시인은 인간의 숙명과 필연을 통해 우리에게 귀띔해 준다. 이제 어린 새는 어미 새의 슬하를 떠나 치열한 삶의 한복판으로 내몰릴 것이다. 슬하의 상실은 결국 '동안'의 시간 속에서, 자아의 완성과 궁극을 위한 전제 조건으로 작용할 터이지만, 이를 바라보는 화자의 복잡한 내면 풍경은 단지 화자의 몫만은 아닐 것이다.

몸을 뉘어도 앙탈이거나 포기가 아닌

휴식이고 싶었습니다

누우면 누운 채로

절망이 되는 것도 있었지요

나무가 평생 서서 사는 이치나

바위가 제자리를 털지 않는 이유를

새삼 물을 것도 없었습니다

서로는 서로가

상상의 범주를 벗어나지 못하니까요

안다는 것은

바라보는 것이더라구요

저마다 가슴 안에 내린 닻은 그 누구도

쉽사리 거두어 올리지 않았습니다

사람의 벌판에서

아직도 나무인 나무입니다

여전히 바위인 바위입니다

—「풍경」 전문

   노두식 시인이 바라보는 세상의 풍경이 이 한 편에 압축
되어 있다고 해도 과언은 아니다. 존재의 본질에 대한 존재

론적 성찰은 그의 시가 마지막까지 안고 있는 화두인 듯 읽힌다. 몸을 넌다는 것은 시인에게 절대의 시간, 최종의 시간, 소진의 시간에 이르는 것이다. 바라보는 것과 아는 것 사이의 절대적 시간은, 화자가 자아의 완성과 궁극을 생각하게 이끈다. 이는 화자가 현재의 삶에 대한 매진을 통해 치열한 삶을 살아내고 있다는 반증이기도 하다. 랭보의 말처럼 사물의 현상을 넘어 진리의 실체를 보려는 노두식 시인의 욕망이 「풍경」과 같은 진면목을 만들어낸다.

"가슴 안에 내린 닻"이나 "사람의 벌판"은, 각자 내면의 무수한 격정과 고뇌의 단련 위에 마련된 고요의 시간을 보내고 있다. 휴식이 자칫 절망의 나락으로 떨어질까 두려운 화자는 나무나 바위의 삶을 통해 일상의 범주를 벗어난다. 그것은 일탈이면서도 본질적이며, 본래적인 것으로의 귀환을 의미한다.

화자는 현실의 편협성과 일시성을 벗어나 나무의 평생이나 바위의 자리처럼 영원의 시간 속으로 진입을 욕망한다. 이는 우리 시대의 물질적 속박으로부터의 초월 의지를 보여주며, 화자 내면의 긴장과 고요를 함께 거느리게 된다. 상상의 범주를 벗어나지 못하는 빤한 사유가 "아직도 나무인 나무"와 "여전히 바위인 바위"의 존재적 본질을 낱낱이 말해 주고 있다. 화자가 바라보는 풍경이 생의 진실에 가 닿더라도 노두식 시인의 시선은 이중적이거나 양면적인 힘의 장들이 팽팽하게 긴장과 균형을 취할 수밖에 없다. 나무처럼 바위처럼 안으로 안으로 침잠하는 존재에 대한 인식론이 그의 시가 지닌 고유한 힘의 파장을 유지해 주기 때문이다. 그리고 스스로를 응집하고 갱신하며 근원적 상상력을 모색하는 지점이 그의 시가 갖는 출발점이기 때문이다.

시인은 세계의 창조자이면서도 세계로부터 버려진 가장자리의 인간이다. 그리고 동시에 세계 안에 비루하게 갇힌 이율배반적 존재이기도 하다. 사회로부터 동떨어진 존재처럼 보이기도 하지만 존재자로서의 자유와 정신의 고귀함을 지키려는 도전은 삶의 통찰로 이어지고, 그의 시편은 순박하고 외로운 의미들로 아로새겨져 있다.

시집 『기다리지 않아도 오는 것』에는 현실을 살아내는 시인의 치열한 정신과 외로움이 배어있다. 노두식 시인은 주로 일상과 자연을 시적 질료로 삼는데, 자연이 지닌 유구함과 청신함이 그의 시정신과 가장 잘 맞닿아 있기 때문이다. 분열되고 결핍된 현재의 삶을 벗어나기 위해 시인은 자아의 분리 없는 동질성의 영역에서 세계를 창조하고 그곳에서 진정한 정체성을 확보하려고 한다. 소외와 결핍이 없는 대상과의 지속적인 관계를 자신의 근원으로 삼고자 한다. 여기에는 시인이라는 존재가 세상으로부터 소외된 삶의 가장자리에 놓여 있다는 그만의 시적 인식이 전제되어 있다.

노두식 시인은 한평생 시를 통해 존재의 의미와 가치를 고민하면서도 인간 회복에 이르는 아름답고 건강한 시 의식을 견지해 오고 있다. 그의 시와 시, 행과 행 사이에는 상처 입은 삶 속에서만 빛나는, 삶의 열정들이 실존적 감수성을 그려낸다. 아마도 그에게 시 쓰기란 예술과 현실 간의 새로운 관계를 모색하는 방향성 속에서, '도대체 시인이라는 존재는 무엇인가'라는 질문에 대한 답 찾기와 같은 것이 아닐까 싶다. 이러한 시적 면모가 우리로 하여금 그의 시를 다시금 읊조리게 하며, 다음을 기대하게 만드는 매력이다.